JN211894

ママちゃりレポート

林 陽子

鳥影社

まえがき

前作より10年以上も経ち、もはや出すことはない、と思っていましたが、年が明け、ふと、このままでは終われない、もう少しマシなものを発表しなくては、と出版が脳裏をよぎり自分のための1冊になっても構わない、自己満足にすぎないかも……と大いに迷った末にまたもや出版するに至りました。

日々の暮らしや見聞きした文芸、書籍から先人の言葉を拝借しながらレポートを書くように文章や言葉を羅列しています。２０１２～２０２３年の過去に書いたものです。順序は時系列ではありません。

他のこれまで出した本とあわせると、私にとっては出版年度から事柄を調べる資料にもなります。

縁あって数多ある書物の中からこの冊子を手に取られた方、関心のある項目がありましたら是非ご一読下さい。

著者

ママちゃりレポート　目次

ママちゃりレポート

プロローグ　電動自転車が快適

私のママチャリが電動アシスト自転車に代わった。２年前より亡夫の愛用車を継承したため。一旦これに乗り始めると今までの自転車に乗れなくなった感あり。今度の自転車は左ハンドルのアシスト部分の切替ボタンをオートマチックやエコモードを選択すれば安全、パワーモードにすれば以前は降りて押していた坂道や地下道の上りも降りることなく進む。右ハンドルの変速ボタンを回せばパワフル走行が可能。タイヤの空気もほぼ毎回乗っている割にはなかなか減らない。乗る時もキーを入れ電源ボタンを押してサドルに座ってから発進すればこわくない。バッテリー（電池）が少々重く、充電の手間が面倒だが慣れたら大丈夫、問題ない。

とにかく体が楽、遠距離走行もスイスイと進んで苦にならない。乗れなくなるまで挑戦しよう。

自転車事故のリスクも報道で聞くが常に安全運転を心掛けて乗り切って行きたい。

自転車は左側走行を

自転車走行が心地良い季節になった。私の足は自動車ならぬ自転車に頼ることが多い。前かごや後ろに荷物を載せるので前輪や、特に後輪の摩耗が早く何年か経つとそれぞれタイヤ交換を余儀なくされていた。パンクのトラブルもあるので時々メンテナンスも必要になる。

雨天や雪の日などの走行は言わずもがな。傘さし運転は違反だし、なにより人に迷惑がかかる。雪道は押しても進まず転倒の危険が極まりない。「自転車が来る、危ないよ」と言われないよう、園児の列を邪魔してはならない。

このようなゆゆしき経験を幾度もしてきた私は反省しきり。

とはいえ倉敷は平地が多く近距離であればどこへ行くにもほとんど自転車で事足りるのでありがたい。歩道が空いていると楽なのでついそちらを通りたくなる。

しかし車両である自転車は極力車道の左側を走るよう肝に銘じている。
マナーを守ってこそ愛車のママチャリでの走行が楽しくもあり快適な助っ人にもなる。急がず安全運転を心掛けたい。

自転車は左側走行を

自然史に親しもう

倉敷市立自然史博物館の入口を入るとすぐに大きな象の親子が目に入って来る。

この動物の模型は「ナウマンゾウ」と言い、鳴き声と共に体を動かしている。10年程前に私はおもに小学生を対象に「パオちゃんとクイズであそぼう」というイベントの手伝いで月1でボランティアスタッフとして参加していた。問題用紙を配って、問1、「倉敷には昔ゾウが住んでいた?」「はい、いいえ」のどちらかに丸を付けてもらい館内の3階まで各展示室を学芸員とスタッフが誘導しながら移動。全部で5問あり、正解発表の後で主任の解説がある。最後に問題と答えの書かれた用紙を参加者に配り、お土産のシールを渡す。日曜日午後2時から20分程度、来場の親子連れに参加を呼び掛けて2回行なっていた。

毎回の問題作りに提案をして採用されたこともある。
自然史に関心のある親子連れと一緒に楽しいひとときを過ごした記憶が残っている。
現在は終了している。

自然素材を使った手作り教室

毎月第2日曜日に倉敷市立自然史博物館でドングリやラッカセイなどの自然素材を使って動物やリースを作る手作り教室がある。

中学生以下の子供たちが対象で、小学3年生までは付き添いが必要。広報を見て予約をした親子連れが集まって来る。午後1時から4時までだがボランティアは準備があるため、当番は12時過ぎには出かける。受付でカギを受け取り倉庫を開けて手作りの材料の木の実や飾る土台を地下1階の会場の部屋に運ぶ。メンバーは60代から80代までの6～8人で男性2人は木の実などを集めて仕分けし色塗りをして持って来てくれる。作る人はそれぞれ、作りたい物の材料を選ぶ。その日は「フクロウ」と「壁かけ」。見本を見ながらアイデアを加えて作るのだがグルーガンという接着器具を扱う際コンセントに差しこむと火傷のリスクもあるので幼い子はお母さんやお父さんに手伝ってもらう。私などのアドバイザーも時間があれば合間に作るのだが見本通りに作るのが精一杯。接着剤で止めるのに四苦八苦する。出来上がりを見てああすれば良かった、と人の作品を見ては後悔しきり。子供たちは発想が豊かで自由に作るので「わーすごいね」付き添いの人の作品も「まあ素敵」と皆で感動し合う。私も不器用ながら作ってみないとわからないし、アドバイスもできない！　と実感。1時間の持ち時間で15分前までに終えるよう促す。30人ほどを3組に分けて6名ぐらいのボランティアがつく。時々「倉敷中央高校」の女子生徒が2人来てくれるので子供にとっても年齢が近く聞き易いのでは、と思う。16時で終了すると、保護者同伴の子らを挨拶で見送ると直ちに机上の材料やテーブルのビニールクロスをたたみ、コンセントを抜き片付ける。

ノートに参加人数や所感を記入し事務所にカギを返して受付に報告し終了となる。

生け花に想う

真庭市に帰省時、落ち着くと花を生けようと試みた。まず主になる花木を庭に出て探す。ドウダンツツジが真紅に色付いているのを一枝《ひと》切ろうとすると、傍らで草抜きをしていた夫が「それは、切るな、枯れてしまうが……」とのたまう。やむなく側にあるニシキギにする。もう終わりだが紅葉は負けてない。亡き義母が「枝の形がカミソリに似ているのでカミソリ草と言うでしょ」とよく口にしていた。

裏庭からヤツデを2本、市販の小菊は仏壇に供えたもののあまり。僅かに残っていたマリーゴールドと、ススキを短く切って足元に添えた。すると殺風景だった空間がパッと華やいだ。難を言えばこの時期ヤツデが青過ぎる。少し枯れた黄色ならベスト。実はこれ、何年か前の11月1日付の朝刊「花空間」の晩秋の誌面

生け花に想う

夫の実家の庭
中央の白い花はユッカ（ラン科）
【参考】「キジカクシ科（リュウゼツラン科で分類される場合もあります）」〜ＮＨＫ「みんなの趣味の園芸」より〜

の写真を参考にしたもの。スクラップした写真と見くらべながら四苦八苦、見る度に手直ししている。

義母は生け花が上手く、生けた花も自身も凛としていた。会えばいつも自然に背筋がピンと伸びたものだ。

少しでも近付けたらと義母を偲びつつ仏間や玄関にも花をあしらう心のゆとりを持ちたい。

春よ来い

毎年この時期になると両手に霜焼けができ、こたつに引きこもってばかり。

3月になれば再び夫の実家のある真庭市にいっとき滞在し過ごすことになる。万物が芽吹くころ、野山を歩けば蕗のとうが現れ、水辺に目を凝らせばセリが見つかる。春の到来と香りを味わうのが待ち遠しい。

実家の駐車場の下に僅かながら畑がある。

野菜を植えよう。草を抜き、肥料を入れて鍬で耕す。畝を寄せるまでは夫の仕事、そのあと芽が出るまで水やりが私の役目、幸いにも雨の多い地域なのでさほど水やりを忘れても気にしない。

ラディッシュ、水菜、春菊などの種を蒔く。

間引いた葉はとても柔らかい。虫食いで形が悪くても愛着がわく。手を加えなくても食卓にのせると箸が自然に動く。
暖かさに1歩前進、また1歩後退しながら着実に春の陽気に近づいている。水ぬるむ春の息吹と自然の醍醐味を待ちわびつつある。

春よ来い

勝山のお雛まつり

三寒四温にもほど遠い帰省中の岡山県北に位置する真庭市。それでも庭に生えている福寿草があちらこちらに頭をもたげて幸せ色が春の息吹を感じさせてくれる。

生前の夫が車を運転し勝山に買い物に出た時、3月5日まで5日間のお雛まつりを見に立ち寄った。勝山は「のれんの町」として知られる。

商店や家々の軒先にそれぞれ想いおもいの趣向を凝らしたお雛さまが勢揃い。引き戸や天井にもつり雛、折り紙やちりめん細工、紙粘土、貝や竹で作られた作品がのれん、掛け軸、生け花の奥にも所狭しと並べられ愛らしかった。古式ゆかしく、年代物の親王飾りは歴史が感じられ壮観だった。勝山町の町並みにとてもマッチしている。何年か前に家の蔵にある大きな土天神を貸し出したこともあった。いにしえに思いをはせ、女の子の幸せを願う節句の華やぎをもらって気持ちがはんなりと和んだ。

「おはようございます」出会った園児たちの元気いっぱいのあいさつに思わず頬がゆるんだ。町内一体での「おもてなし」の気配りが随所に感じられ感嘆。飾り付けは毎年変わる由、来年もできたらまたゆっくり見て廻りたいと思った。

山歩きでリフレッシュ

爽やかな秋日を迎える好季節となった。

毎日ウォーキングを続けているが、ただ漠然と歩くだけでは勿体ないと思い、真庭市の実家の近くの山道を歩く時、マイナスイオンを満喫しながら季節感を味わい俳句を詠むことに挑戦。草花を題材にした句がうかんだ。

釣船草《ツリフネソウ》野辺を彩り秋招く

句重なりだった。後で気付く。

野辺や水辺に群生している釣船草、花が濃い紅紫色でちょうど帆掛け船がぶら下がったような形で野山を染めつつある。山深い里山ならではの自然の醍醐味だ。

山歩きでリフレッシュ

せっかく句が浮かんでも帰って日常生活の続きに入るとすぐ、忘れてしまう。そこでメモ用紙と鉛筆をウエストポーチに入れて持ち歩くことにした。家の中で座って考えても何も出てこないので歩きながら考える。家事を切り離した僅かな時間を憩いの空間として身をおく。

山を歩くことで雑念を払い、小川のせせらぎを聞きながら大気をいっぱいに吸って自然を愛でる。心身ともにリフレッシュできそうな予感がする。

歩きながら句を考える

ウォーキングを始めて4年以上が過ぎた。動機は仕事を辞めて体重が増えたことコレステロール対策による。夕方30分程度だが今では毎日歩かないと気持ちが悪い。倉敷市内だと信号待ちが多く、中断を余儀なくされる。

夫の実家である真庭市の場合、里山を歩きながら俳句や川柳を思い浮かべ、そこが創作の場となる。季節が肌で感じられる。景色を眺めながら漠然と歩くのも悪くはないが、広報やテレビの講座で兼題をもらうと句を詠もうとしている。山道は作った句を推敲する場にもなる。せっかく適切な言葉が浮かんでも帰ったら忘れてしまうため、鉛筆とメモ用紙が必用。

俳句も奥が深く、私は初心者で一句の中に季語を2つも入れて季重なりにしてしまうので歳時記と首っ引きの状態だ。そもそもこれも季語だったのか、と後で気がつく始末。

歩く行為と脳を使うという2つのことを同時に体感する。これも認知症の予防になりはしないか。言葉のひらめきというおまけを期待している。

山道を「滝の上」まで歩いてのぼっていく途中、偶然足元の先に5羽の黒揚羽が丸く輪になっているのを発見。

ちょっと感動！

「揚げ羽蝶歩みの先に五羽睦み
ひらりひらりとやがて舞い散る」

一羽ずつ飛んで行った。

霜焼け

幼少より冬になると毎年手や足にも霜焼けができる。血行が悪いと言われてからは常にハンドクリームを塗り、マッサージが欠かせない。

県北の中学生だったころ手の甲が霜焼けで潰れているのに包帯もせずその手を保健体育の先生に見られ「どうしたんその手は？」と尋ねられ恥ずかしい思いをした。社会人になっても、「えっ、まだ霜焼け？　赤ちゃんみたい」とか、「可哀想に、炊事？」と同情されたりもした。何のことはない、家事を何もしなくても荒れ性でガサガサした手だった。だから外出には手袋が不可欠。寒気が厳しくなるとたちまち指に霜焼けができるので毛糸も厚手に替える。でくのぼうの不器用な手だが、毎朝手にも化粧を施す。リキッドファンデーションとハンドクリームを併用して塗っている。

以来、皺は隠せないが夏はすべすべの手になった。

今期こそ冷気を感じたら早めに手袋でガードしよう。霜焼けなしのきれいな手でいたい。

高血圧は怖い

心臓病は今やガンに次いで冬は特に危険な病気の一つだ。天皇陛下が心臓のバイパス手術を受けられ、今リハビリに励んでいらっしゃる。家の夫も虫垂腫瘍で開腹手術のための検査で心臓に不整脈が見つかり、心臓CT検査の結果、冠動脈の1ヵ所が細くなっていることがわかった。

2011年にカテーテルによる風船治療を受けた。成功率は高いとは言え、やはり受けた本人にしかわからない。1泊2日で一時間半ほどの手術だったが、心臓をドーンと圧迫された感と共に「こういうのが心筋梗塞だろう」というほどの痛みが走ったそうで、何とも形容し難い顔で病室に戻って来た。手術に至ったのは元はと言えば高血圧症が考えられる。決してあなどれないと強く感じた。

降圧の特効食として毎夕食時に玉ネギを4分の1個摂取している。スライスして水にさらし、花かつおを上に、マヨネーズ、しょうゆを少々かけて食べている。

クエン酸も効くと聞き、レモンがあれば絞る。長年の食のまかないのまずさを大いに反省している。

今後は夫の健康に向き合い、病気に寄り添う立場にいたい。

野菜作り

夫の実家に滞在していたころ僅かばかりの面積の畑にホウレン草、水菜、春菊の種を二人で蒔き、それぞれ間引いて食べた。

苗を植えたサニーレタスも外側から1枚づつ採って食べている。ナス、トマト、きゅうり、かぼちゃ、ごぼう、さやいんげんも成育している。自生しているニラやみつ葉の繁殖力も旺盛。毎日青菜が摂取できて嬉しい。2回目に蒔いたホウレン草や春菊、ラディッシュも芽を出した。キャベツは虫がついて外葉がレース状になった。ホウレン草や水菜も終わり頃になると穴があいたが野菜作りの初心者なので仕方がない。梅雨どきは水は不要だがその分草も勢いよく伸びる。晴れた日の収穫後の水やりは草にも貢献している。雨後の草抜きは楽。

野菜や山菜の下処理は面倒だが愛着がわく。2人の適量を上回る収穫がある時は健康も買っていると思える。

もちつき機で赤飯

昨年末より夫、孫、母と家族の入院が続き毎日うつうつとした日々を過ごしている。そんな訳で嬉しいことも目出度いこともないが、だからこそせめて赤飯でも作ろうと思い、マイコンもちつき機の蒸す機能を試している。

最初のころはもち米の基準量を減らしたことで蒸し水が不足したり、うるち米を混ぜたことによって、粒々や芯が残ったり、また豆もちの場合、黒豆の処理の不具合で豆がつぶれてしまったりと、なかなか上手くいかなかった。ああでもない、こうでもないと繰り返すうち、最近になってやっとまずまずのものが出来るようになった。

豆もち作りにはまり、太っていた頃の体重にリバウンドしてしまったほどだ。しかしこれも心に余裕がないと作る気にもなれない、少しの余裕を喜ぶべきか。

まだ母は、回復の先が見えない状態にあるが、せめてひと口でも口から食べ物が摂れるようになるよう祈っている。会心の赤飯ができたら入院先に届けよう。

もちつき機で赤飯

豆もちつき

わが家ではほぼ年中おもちは家でついてきた。家電量販店で購入したマイコンもちつき機は本体のうすが回るだけ。所要時間だけではきめが粗くざらついている。時間を延長するとなめらかな生地になる。しかし孫には「バアバのおもちって、中からご飯が出てくるよ」などと不評。さらに豆もちになると難しい。

黒豆を水に浸してもち米と共に入れてつくと豆は半分以上つぶれて色も黒っぽくなる。そうならないように黒豆は洗って10分程浸してすぐに上げておく。自動運転のボタンを押し、「むす」から「つく」になった時点でいったん止めて黒豆を入れると上手くいく。1年経って再度挑戦すると、黒豆をまたうっかり30分も浸してしまい、白米と塩少々を加えて「自動もちつき」コースをセットするとまた豆がつぶれた。いまだに取説と首っ引きで試行錯誤を繰り返している。でき具合は歯の弱い私向きだと得心。食べ易い大きさに切って冷凍室に入れておく。豆もちつきは難しい。

豆もちつき

蕗みそ

4月になっても雪が舞い散り花冷えの続く真庭市の実家。でも山里を歩けば蕗のとうがあちらこちらに群生している。次々に大きくなり花が開いたものもある。摘む時期がもう遅いのかもしれない。なるべく小さくて蕾の固い蕗のとうを探して用意したポリ袋に根の方から摘み取って持ち帰る。外側の黄色い葉を1枚取り除き、たっぷりの水を沸騰させて、さっと茹でて3〜4時間水に浸しておく。水気をしぼり細かく刻んで少量の油で炒め、味噌、砂糖、酒、みりんを加えて手早くかき混ぜて汁気のなくなるまで炒める。花かつおをふって蕗みそが完成。その他にもしょう油と味の素だけを入れた辛煮や梅干しの酸味でほろ苦さをほんの少しやわらげた梅干し煮など、常備菜として作り置きしている。

ほんのりとした苦みと香りが季節を先取りして食卓に届けてくれる。春の訪れを待つこの時期、欠かせない箸休めの逸品となる。

蕗みそ

夫の蕗みそ

次女の娘婿に車の運転を頼み久々に夫と真庭市にある実家に帰った。今年は寒さが続き水道管のトラブルも聞く。冬には電源も切って帰るのだが今回電源を入れるといつまでも水道のモーター音が鳴り止まない。すると奥の洗面所とトイレのマットが水浸しに。又電源を切り、電器店に連絡し皆で何度も雑巾掛けに奔走する。原因はウォシュレットに溜まっていた水が凍結したものと判明。

古い家のなのでネズミも出る。コンセント式で駆除を試みたが慣れてきて効き目もなさそう。フック式のネズミ獲りを5ヵ所にセットする。

家は長く空けるものではない、窓を全開にし風を入れるだけでも良い。

帰る間際になり夫は蕗のとうを探しに行く。時期が遅くすでに花が開いている。残りを僅かながら採取し、途中でも見つけると摘み取る。

夫の蕗みそ

帰宅後、水に浸して夫が蕗みそを作り始める。蕗のとうをそのまま細かく刻み、ゴマ油で炒めて、少量の砂糖と味噌、みりんを加えて混ぜながら煮詰める。煮干しなども頭を取って加える。夕食時酒のあてにして満足そう。夫は病気療養中で帰省の度に今回が見納めと言い、覚悟の有様がせつない。
私はまた帰ろうよ……と無言で呼び掛けた。

2021年3月

カキが旬

カキといえばこのあたりでは備前市の日生《ひなせ》が有名だが倉敷の自宅からは少し遠い。そんな折、知人より浅口市の寄島《よりしま》が近いのを聞き、先月中旬夫と車で国道2号線を真っすぐ40〜50分程度走らせて殻付きカキを買いに出かけた。11月初めより生産しているとかで身はまだ小ぶりだったが3kg購入、娘宅や他にも分け、焼ガキで4〜5回続けて食し堪能した。磯の香りが口にただよい、中には太った身もあり、引き締まってプリプリしていて美味だった。

〝海のミルク〟とも言われるだけあって、グリコーゲンやリン、ナトリウムなどの無機質、カロテンなどのビタミン類も豊富。

年明けの1月から2月がピークで身も太る由。自然に恵まれた岡山県ではカキの養殖が盛んで全国でも第3位の生産量を誇っているとか。生ガキを食べてあたったと言う人もいるが、鍋物、フライ、茶碗蒸し、お好み焼きなど幅広く食材として使われている。冬の季節にはもってこいの魚介類だ。

もう1度寄島までドライブし、県北の帰省先の近所の人たちにも再度味わってもらいたく、手土産に出来たらと思った。

発酵黒にんにく

夫が知人から黒にんにくの作り方を教わったので作ってみた。大量のネット入りのにんにくを購入し、皮のまま予備で置いてあった電気炊飯器に入れて保温機能を利用して昼夜10日程通電する。その間部屋の中では強烈な匂いに閉口し、ベランダに出した。電源は入れたまま。出来上がった物を1つ皮をむくとなるほど中身は黒くなっていた。そのままプラスチックの容器に移し冷蔵庫で保存。

毎日2～3片ずつ皮をむいて食する。美味しいとは言い難いが不味くもない。ねっとりとした食感で甘さと芳しさもある。子供の頃、祖父母たちが食べ物について、

「こりゃあ滋養があるなぁ」

などとよく口にしていたのを思い出す。

発酵黒にんにく

「黒にんにく」と銘打った健康食品が少量入れてスーパーに出してあったり、作るための専用の電気発酵器が量販店や通販でも扱われている。不味くはないので薬だと思って食べれば抵抗力や免疫力がつき体にはよさそう。しかしあれから炊飯器の故障でやむなく頓挫。

赤じそジュース

久々に真庭市に帰省し畑の大草を抜いた。一面を勢いよく覆っているのは赤じ—そ。

しそジュースを思いつく。あちらこちらに群生しているしそを抜き、青じそも少し足して茎ごと洗う。３００gを目安に１ℓの水を沸騰させ葉だけを摘み取って中火で５〜６分煮る。ザルに上げて漉し、再び火にかけ三温糖５００gを加えて煮溶かす。火を止めて充分に冷めたら純米酢２５０ccを入れると摩訶不思議、鮮やかなルビー色に変わる。水で薄めるが甘いので炭酸水で割って氷を浮かべるとオシャレ。

無農薬で添加物もなく後味がスッキリと爽やか。お酢の代わりにクエン酸を入れてもいいのではと近所の人に聞き、あっさりした口当たりになるのかどうかも、

赤じそジュース

次は試してみよう。疲れたり、喉が渇いた時には美容と健康にも良さそう。残ったしその葉は細かく刻んで醤油とみりんでパラパラになるまで煮詰めてチリメンやゴマを加えてふりかけにする。ご飯のお供に最適。夏を元気に乗り切ろう。

続・赤じそジュース

今年もまた夫の実家の畑に赤じそがしっかり生えたのでジュースを作った。赤じその葉２００gを茎ごと、たっぷりの水でよく洗い、葉だけを摘み取る。水５００㎖を沸騰させて5~6分煮立てると緑色に変わる。ザルで煮汁を漉して再び火にかける。２００gの砂糖とはちみつ大1を加えてよくかき混ぜて溶かす。充分に冷めてからリンゴ酢１３０㎖を加えると、色鮮やかなルビー色に変わった。瓶に入れて冷蔵庫で保存。濃縮なので2倍ぐらいの水で薄める。私は炭酸水で割ってレモンの輪切りを入れ氷を浮かべる。砂糖を控えて甘さを抑えているので、口当たりもよい。自然素材で余分な添加物もないので、のどごしがさわやかで後口もすっきりしている。

去年はレシピどおりにしたら濃厚で作り過ぎて、近所に分けて差し上げたほど。

続・赤じそジュース

今年はお酢を少し奮発し、リンゴ酢で作った。

秋茗荷が旬

秋茗荷の採れる好季節となった。

真庭市でウォーキング中、山道を少し脇に逸れると川岸の上に群生している茗荷を見つけた。根元の薄黄色っぽい花の下を触ってみるとふっくらとしたかたまりに当たる。花が咲いてからでは遅いと言われるが、私は花びらを採取の目安にしている。4～5年前に夫は山から茗荷を掘って来て、やはり自分が掘った池のほとりに植え替えた。2年目から採れるとのことで今では葉も青々と茂り採取に到っている。

ショウガ科の多年草で地下茎から出る花の芽には夏から秋にかけ淡い香りがあり食用になる。茗荷竹《だけ》と言われるだけあって一見すると笹の葉と見まがう。

酢の物や漬け物に入れたり、そうめん、冷や奴、納豆、みそ汁の薬味として大変重宝している。市場では早くより出回っているが、やはりこの時期、好きな人にとってはほんの少しでもあればいい。旬の味覚に欠かせない。
（娘一家への宅配便の中にも入れて送った。）

秋茗荷が旬

双子の南瓜

夫の実家で畑に蒔いた南瓜の種。やがてつるが伸び花が咲き、平地に4つ、土手に2つ大きな実を結び、小玉も3つ〜4つ転がっている。そのうち1つのつるが伸びに伸びてゆき、川沿いの木の上に巻き付いた。下にはかなりの勢いで小川が流れている。目を凝らして見ると南瓜が1つ、さらに横にもう1つ、ちょうど双子のようにぶら下がっている。

たびたびの大雨や台風の影響で下に落ちはしないかと気をもみながら毎日見守っていた。

お盆が過ぎて、ついに意を決して夫と2人で下で網で受けて切り取った。小振りながら深緑色が濃くつややかで土に触れていないのできれいで形も見事だった。

「しまった、早過ぎた」

南瓜は軸が褐色になり葉もつるも枯れてしまわなければ採ってはいけない、と聞いていたのを思い出した。

放っておいて川に落ちて流されてもとあせったのを後悔した。多分食べたらあまりおいしくないだろう？

暑い日差しの残る日に2つ並べて日光浴。しばらく眺めて、何日か経った頃、切ってみよう。もう1つは誰に差し上げようか。

さしづめ娘を嫁に出す心境にもなった。

後日談　弟宅に届ける。

固くてやっと切れた。甘くて美味、文句なしの出来映えだった。

双子の南瓜

食文化にも変化の兆し

衣・食・住のうち1番関心が高いのが食。

朝食後すぐにお昼は何を食べようか、夕方は何を作ろうか、と考えている。主婦だから当然のことだろうがひとりの時、インスタントラーメンが無性に食べたくなることがある。が、前夜のおかずの残りで済ますことが多い。

年を重ねるとともに食べる量は少なくなった。以前はご飯も軽く1杯平らげお代わりもしていたが今は茶碗に軽く半分で事足りる。

炭水化物は取り過ぎると即体重に現れる。食事量に見合う仕事でもしていれば難なく摂取できるのだが今の私には1杯は多くて重い。

料理は家人のためという大義名分であまり手を加えずに素材そのものの味を生かした酒の肴風の物が食卓に並ぶ。和風の煮物、焼き物、酢の物、漬物が定番。

魚中心で野菜たっぷりが常。毎日のことゆえ変化の妙が飽きがこなくていい。最近では韓国料理や中華料理にもはまっている。若者が「美味しい」と言うのも分かる気がする。

中華の定番、青椒肉絲、回鍋肉などいずれもいまだにレシピと首っ引きでやっとマスター、酢豚や麻婆豆腐などと共に食卓に上るようになった。味付けに自信がないのできっちりレシピの分量を計って作ると上手くいく。市販の中華合わせ調味料を使わなくても美味。

他にガーリック風味のオイル煮のアヒージョや春雨使用のチャプチェなど、どこの国の料理か分からない。ペペロンチーノ、パエリア、ブイヤベース、リゾットなどがあるが、いずれもレシピがあれば挑戦してみたい未知の料理ではある。

食文化にも変化の兆し

社会とつながりたい

仕事を離れて2年が過ぎた。ストレスもあったが、それにもましてメリットは多かった。

まず収入面で娘の成人式の着物が買えた。自費出版に踏み切れた。ユニセフに少々寄附、3人の子供や2人の孫にこづかいが渡せた、などなど。

今ではどんな仕事でも働いている人はみんな偉いな、と感じる。雇用年齢も定年が65歳まで延ばされた。が、職種によっては面接を受けても年齢を問題視されたり、パソコンの端末操作が必要でNG。まだまだ仕事がしたいという意欲はあるが、家庭の事情もあり、気持ちがマイナスに働き二の足を踏んでしまう。求人情報紙を眺めるのが趣味と化している。終日家にこもっていると体重は増え、コレステロール値も高くなった。集合住宅はドアを開けて1歩外に出ると世間、知

社会とつながりたい

人に会いそうになると無意識に避けてしまう。

家人以外誰とも話さない日も多々あり。

これではいけない。少しでもポジティブに社会と関わりを持つべくボランティアの他にやるべきことを模索中である。

仕事は学ぶこと多し

パート仕事を辞めてはや1年以上になる。最後の勤め先は家電量販店で会社都合で人員削減の為リストラ。通算して10年間勤務した。よくぞ至らない私をこんなに長く雇用してくれたと残念よりもむしろ感謝の気持ちが強い。

しかしその年の2月末でその店舗は閉店になった。すると同じ売り場にいた上司や社員の顔が次々に浮かんで来て、老婆心ながら皆その後どうするのだろう、と何とも切なくなる。

私は販売係でレジ業務担当だった。店内の営業がないので実績は大したことなく、数字よりもむしろ縁の下の力持ちだった。敷地周辺の草取りをしたり、皆が使う雑巾を縫って提供したり、その雑巾を家で洗濯して持って行く、閉店後のゴミ出しなどに尽力。カステラやアーモンドサブレをたびたび手作りしてはおやつとして差し入れしていた。

夕方4時出勤で8時閉店、レジ締めをして退社。

最初のパートは3人の娘の遊学費と家のローンの補助にでもなれば、と末娘が小学校に入学した年に始まる。スーパーの惣菜係、輸入家具店の店番、NTTのオペレーター、量販店、ホテル内の和食ホール係、別の量販店。通算すれば家電量販店の2店舗が一番長かった。特に好きな仕事ではなかったが世間知らずで常識がないと言われる私にとって学び得たことは数限りない。その頃は運良く私はいろいろ条件を言わないのですぐ採用された。辛抱強い方だと思うので1～2社を除いては比較的長く続けることができた。

仕事は学ぶこと多し

共に仕事をした上司は天然で、どこか人とずれている私に「林さんにはえーっ、と思うことがよくあるよ」と呆れられたことも。

それでも勤めていたら良いこともあるもので会社の同僚の男性社員の強い勧めで受けた資格試験は半年前より勉強を始めた。カードを作って繰り返す丸暗記のおかげで結果的に家電総合アドバイザー、続いて通信講座を受講後、環境社会検定試験（ｅｃｏ検定）に合格した。思いもよらない還暦の年の嬉しい記念になった。挑戦はするものと目覚めた。

仕事を離れてまた元の専業主婦になって振り返ってみると、叱られたことやクレームの苦い思い出ばかり蘇り、勘の悪い私はやはり仕事には向かないと落ち込んだ。人に助けられてばかりだった。しかしそれら良いことも悪いこともすべてひっくるめて今の自分がある。

それぞれの仕事はどれも決して無駄だったことは1つとてない。年齢も鑑《かんが》みて今置かれた立場からみてみると、若い人から定年過ぎの人まで就業している人すべてに、素直に「偉いな」と感心し、「一生懸命頑張ってね」と声援を送りたくなる。道路上で交通整理をしているお兄さん、ビルの警備員の小父さん、チラシを配っている女の子やバケツやモップを持って歩いている掃除の小母さんまでみんな自分より偉く見える。そして給料を貰っている時にはさして有難味も感じられなかったのに国民・厚生年金以外に無収入になってみるとそれがいかに貴重なお金だったかを気付かされた。

社会に出て仕事をし、人に関わることは何事にも変えられない。人間が謙虚になる。

仕事は学ぶこと多し

岡山県南で雪

全国的に寒波が到来した年、倉敷でも珍しく何年ぶりかの積雪に見舞われた。みぞれが風に乗って舞い散り、間もなく粉雪に変わり、やがてそこら中の家の屋根、田圃、道路など一面を真っ白に覆い尽くした。あちらこちらの店の前には雪だるまが競って並び、雪搔きに専心の人たち、何故か皆嫌そうではない。

救急車のけたたましいサイレンも終日鳴り響いた。スノータイヤでもなく、おそらくチェーンも巻かれていないだろう車が凍って固まった雪を恐る恐るじゃりじゃりと搔き砕いてゆっくり走って行く。

近くの図書館に自転車で行くのに車道を通ると車の邪魔になり、歩道に避《よ》けると雪が車輪に食い込み重みで進まず往生した。

県北で育った私は子どものころ、降る雪を見ては、もっと降れ、と願い、積もれば外へ出て霜焼けの手も構わず大小の雪だるまを作った。雪が止んで、地面の雪が溶けて土と混じって黒くなるのを大層残念に思った。

雪の日はすべての時が止まったような静寂感があり、またそんなに寒さが感じられない。しんしんと降り続けると静かで幻想的。

今ではほとんど目にすることはない銀世界を想像すると、幼い日が妙に懐かしい。

古民家再生より学ぶ

先日、公民館で備中倉敷学「歴史を未来に繋ぐ」という楢村徹氏の講演を聴講した。氏は地域の建築家で倉敷美観地区でも古民家の再生に尽力されている。当初は地区の活性化を図るための構築を新たにする試みは現状維持を由とする保守的な信奉者からはなかなか理解が得られなかった。しかし、昔のままでは維持、管理のために経済的問題が残る。景観を考慮した上で、内部は現代の生活を感性に合わせてリフォームし、再生することが必要と考えられた。歴史を鑑みると民家の再生は慎重にならざるを得ない。ヨーロッパなど百年単位の建造物には及ぶべくもないが、「質」が高く継続性があり後世に残るような活動を20年単位でやっていくことが必要。

倉敷は歴史資産があり戦争で爆撃を受けていない町にも悩みがある、と言われた。恵まれた環境にあることをそれほどには自覚していない。歴史と対峙し、新しいことを取り入れながら保存する。私たち個々の家にも云えること。町に愛着を持ち、次世代の社会につながることが望ましい。講演を聴いて町とのかかわりを改めて認識させられ学ぶべき一日になった。

恩師の個展

今から60年前、岡山県北の津山市（旧久米町）の格致《かくち》中学校で2年間担任としてお世話になった恩師（美術）と同級生による絵画展が総社市の吉備路《きびじ》文化館で開かれた。初日のオープニングセレモニーでオリジナル曲「吉備国風土記」が奏でられた。これは布下満先生の「吉備野シリーズ」12ヵ月の原画をテーマにした作品で作曲した飛山桂《けい》（裕《ひろし》）夫妻によるフルートと琴のハーモニーで吉備路の穏やかな風景がめくるめく音と共に脳裡に広がり古代にいざなわれたよう。

深く心に響き感動を呼ぶコラボとなった。

布下先生が個展を開くのは２００１年の倉敷市立美術館での『画集　絵をかいて40年・あ・し・あ・と』の刊行記念個展以来。この画集は師の随想や写真、年譜も盛り込まれ、作品リストによると漁夫・母子像・収穫・吉備野とシリーズが続き、出会った人々に対する温かい想いが情景や自然物にも注がれ限りない慈愛にあふれている。

先のシリーズは地元金融機関に請われてカレンダーの原画として1年に1作ずつ12年かけて描かれたもの。また『絵本　岡山のむかしばなし』の挿画にも尽力された。私のゼロに等しい絵画の知識では到底語り尽くせないが、今回の『続・画集　絵をかいて60年・あ・し・あ・と』も2001年南半球一周（100日）の船旅で風景・静物はもとより農夫・牛飼・モアイ像（イースター島）・ぶどう園・母と子などなど圧巻の作品集。手元にある2冊の画集も絵画展に更なる感動を頂き私の一生の宝物になった。

どうかいつまでもダンディーな先生でいて下さい、と願う。

ミュージカル出演

1997年の12月に岡山市民会館で行われた岡山城築城400年記念ミュージカル「碧き流れのほとりに」に出演した。

松本幸子の時代小説『女たちの備前岡山城』で宇喜多秀家の母「おふく」ら岡山城ゆかりの女性6人と歴代城主らにスポットライトを当てたオムニバス形式で構成。高校生、主婦、会社員など公募の81名が「岡山交響楽団」の演奏に合わせて、歌やダンスを熱演し華やかな舞台を繰り広げた。

私は群衆役で参加、1年余り倉敷から岡山まで台詞や歌、踊りの練習に赴いた。端役ではあったが他の人のレッスン風景を間近で見るのも楽しく、非日常の空間を皆と共にし、歴史をひも解くきっかけも貰えた。

衣装を縫ったり、着物をその都度着替えてのレッスンなど大変ではあったが経験しなくては得られないものが得られた。
いまだに付き合いが続いている友人にも恵まれた。

大原美術館

再び夫の転勤で倉敷に舞い戻った。市内にある大原美術館を2人で訪れ、それぞれ鑑賞して廻った。館内はやはり静寂で荘厳なたたずまいだった。順路に沿って歩いて行く内、奥まった一郭にあるエル・グレコの「受胎告知」が視界に入った。思ったより小さな絵画だったがその気高く格調高さに思わず引き込まれた。

私は児島虎次郎の「睡れる幼きモデル」の絵葉書を、夫はクロード・モネの「睡蓮」の複製画を買い求めた。

美術館では忙しく煩雑な日常から一時的にでも非日常に身を置くことができ、絵画の奥にある作者の思いを想像したり、癒やしの空間に浸れる場所だった。

あれから、はや数十年が経ってしまった。

倉敷市の中心部の中央2丁目に住んでいた頃、美観地区の並びにある大原美術館へ行く道は散歩コースだった。長女・次女を連れて散策していた。芸術や文化の香り豊かな地域に住めた幸せを想う。

大原美術館

映画で歌舞伎

修行僧が山道に迷い、たどり着いた山深い一軒家が舞台の幻想的な映像だった。今まで生の歌舞伎を一度も見たことがなかったので、シネマ歌舞伎『高野聖』を大型スクリーンで是非見てみたかった。中村獅童が実直な修行僧に扮しているのも納得。現代を代表する女形の坂東玉三郎は、やはり美しく、共演する2人の演技は妖艶だった。客席からでは見られない目の動きや指先のこまやかな動きも映像で捉え、大迫力で表現されている。作者の泉鏡花という人はそもそも難解な観念小説を書く人であり、私は名前だけで作品もよく知らなかったが、浪漫的怪奇幻想の作風を築いたと書かれている。代表作の『婦系図』『夜行巡査』などにもこの機会に触れてみたいと思った。

ＭＯＶＩＸ倉敷の特別企画のシリーズ第1作で残り2作にも期待。

上映当日観客は私も含めて３人だったが歌舞伎をスクリーンで体験でき、楽しめた。

映画で歌舞伎

「院展」

倉敷市立美術館で開催されている「第67回春の院展」倉敷展を訪ねた。
日本芸術院同人と新進作家の入選作とあって順路に沿って一点ずつ楽しんだがさすがに壮観で格調高い作品揃いで終始圧倒された。

心ひかれる作品の前ではその絵に釘付けになった。

新聞紙上で紹介された「サーカス」やバレリーナを描いた「想」、牧歌的な田園を走る1両編成の列車を描いた「映」など、100点以上の絵画はまさに圧巻、素晴らしいの一言に尽きる。

入り口で作品の解説文の紙を貰いテーマと作品を照らし合わせながら鑑賞した。

人物画は心理を光と影の見事なコントラストで表現し、風景画も移ろいゆく季節を日本人ならではの感性と美意識で描いた力作揃いだった。「なよ竹のかぐや姫」「桜花の道」「秋燃ゆ」「コスモス」「夢路」など美しく感動的な作品を心にきざんだ。大矢紀氏の「凛花香栄《りんかこうばえ》」の清廉な紅白の梅の絵葉書を購入。

「院展」

『レ・ミゼラブル』を鑑賞

ヴィクトル・ユゴーの小説を原作とした映画『レ・ミゼラブル』が21日より公開され、早速私は劇場へ足を運んで観た。やはり洋画はスケールが壮大。フランス革命を舞台に1片のパンを盗んだ罪で19年間刑に服した不屈の男ジャン・バルジャンはその後市長になる。が、ラッセル・クロウ扮する正義を重んじる宿敵ジャベール警部に執ように追跡される。運命的に出会った女性、ファンティーヌの愛娘コゼットを引き取り、再び逃亡する。街は貧民、売春宿であふれ、学生は革命を叫び、暴徒化した軍の銃声が轟く。埃っぽく泥にまみれた情景はとても美しい映像とは言いがたいが、登場人物はそれぞれキャラクターの感情をそのまま生の歌に表現している。民衆の一人の子役やコゼットの恋人マリウスのかつての彼女エポニーヌの歌声は中でも圧巻だった。ミュージカル仕様なのでほとんどの台詞をこれでもか、というぐらい歌で表現し音楽でシリアスなドラマを緩和している。「ジーザス・クライスト・スーパースター」も同様だ。やがて家族愛に目覚めたバルジャンはコゼットとマリウスの結婚に花嫁の父としての偽らざる心境を吐露し、彼らに静かに最期を看取られる。

本より中国を知る

昨年以来新聞紙面の日中間の感情についての世論調査において相手国の印象が最悪の結果になったと報じられていた。

私は時々中国人作家の楊逸《ヤン・イー》さんの本を図書館で借りて来て興味深く読んでいる。彼女は中国ハルビン市に生まれ留学生として来日し、『時が滲《にじ》む朝』で芥川賞受賞、他にも『すき・やき』『金魚生活』『ワンちゃん』『おいしい中国』など著書が多数あり、中国庶民の生活や文化を窺い知ることが出来る。

日本を外からの視点で見ているので日本人が当たり前と思っていることを新鮮に感じたりして、こちらも気づかされることがままある。

中国では以前より一人っ子政策により、わが子を宝物のように慈しみ、教育に心血を注いでいる。

本より中国を知る

日中とも歴史問題や尖閣をめぐる領土問題でお互いの国に対する感情悪化が懸念されている。しかし今回の調査で双方とも日中関係が「重要」と答えた人の割合が多かったのには救われた。

上海の業者による期限切れ食肉問題で市場を騒がせ加工品全回収などで揺れているが、相互不信による感情硬化で軍事紛争になることだけは絶対に避けなくてはならない。

注）冒頭の「昨年」は、もっと前です。後半の時事内容も時代考証が要り、当時とは状況が変化していると考えられます。

名作を読む

年に2度芥川賞と直木賞の発表がある。

若手、熟年、外国人、最近は女性の活躍が目覚ましい。

私が感慨深いのは第1回芥川賞の石川達三氏の『蒼氓《そうぼう》』だ。開拓者としてブラジルに渡航する物語。(私が)短大を卒業した20歳の時に入社した会社の社内報に自己紹介の欄があった。愛読書を問われ、そのころ同氏の『青春の蹉跌』や『人間の壁』を読み進めていた並びで迷うことなく、そして若干格好をつけて『蒼氓』を挙げた。当時の和文タイプに「氓」の字がなかったのだろうか、総務部庶務課?の先輩が手書きで字を入れて通信に載せていたのを思い出す。今では死語かもしれないノンポリ学生の私ではあったが、生意気ざかり。やはり世情を踏まえ多少なりとも左派の影響を受けていたのは否めない。偶然手に取り、社会派小説で知られる作品に強くひかれ、次々に氏の本を読破。『蒼氓』が第1回の芥川賞受賞作というのは後のちになって知ったこと。今ではこの本も古典の部類になり、図書館でもリクエストして書庫から探してもらう次第。五十数年前の青春時代を回想するに至った。

当時は作者と作品名のみで古典は読んでいなかった。夏目漱石や樋口一葉は紙幣にも起用されて久しい。現代語訳なら馴染み易い。

古典の名作から古き時代を知る。登場人物の価値観も歴史的背景により変わってくる。

過去にもこれから先にもさまざまなジャンルの本が生まれてくる。

新しい時代に移行する価値観の流れを古典と現代文を対比させながら汲み取りたい。

興味深く、是非とも読んでみたい本があふれていて、読む楽しみが追いつかない。

しかしながら寄る年波は侮れない。読む速度は遅々として進まず、読解力はますます鈍くなるのが現状。

朗読ひろば

「NHKおかやま朗読ひろば」を聞きに岡山県立図書館に行った。アナウンサーとキャスターによる、岡山にゆかりのある作家の本の朗読だった。やはりプロ、声量豊かでゆっくりと間が取られた朗読は心に響いた。途中「音訳の会」の人と3人で絵本『あらしのよるに』を、セリフを読み分けた朗読には気持ちが思わず引き込まれた。本の中で情景を思い浮かべ、聞き手に臨場感が伝わるように読むことがポイントだと話された。

三條雅幸アナウンサーによる小手鞠るいさんの「婚約指輪」は大人の恋が情感豊かに伝わり感動を覚えた。合間の倉敷在住ソロギタリストまるさんの演奏がとても効果的だった。「あの日の海」も玉島の景観が目に浮かび心が洗われたが、これは岡山県立図書館開館10周年記念で公開録音されNHKラジオ第1で放送された。
現在、三條アナウンサーはＮＨＫテレビの朝のニュース番組で活躍中。

講演会から頂く心のサプリ

先日「倉敷友の会」主催の医学博士で心療内科医海原純子氏による「心豊かな大人の生き方」という講演会を聞きに倉敷市民会館まで行った。現代のストレス社会にどう向き合うか、今日もいい1日だった、と言えるためにはどうすればいいか、と女性向けに幅広い示唆がなされた。心理学者ダニエル・カーネマンの例により、人はいいことより悪いことに注目しがちで99％うまくいっても1％に落ち込む。ネガティブに危機感を抱くが視点を変えると軽くなる。体は嘘をつかない、落ち込んでいる時、両手を上に伸びをすると「うつ」にならない。10分でも20分でも歩いて自分と対話しよう。回復力があればいい。表現する、解放する、溜めないこと、表現することは心豊かになる。信頼する人に話したり、自分のノートに書く。ジャムを作るなど小さいことの積み重ねで人と比べることがなくなる。

海原氏は一期一会の今が嬉しいと述べられた。その時間を共有した同世代の私も大いに共感。

若くして学び、壮年に学び、老いて学ぶ、死して朽ちず、自分の能力に気付き、持っている素材を使い切って料理することと結ばれた。当日は大盛況で心のサプリメントを頂けた一日だった。ＮＨＫＥテレ「団塊スタイル」にも出演された。

映画に見るノーベル賞

ノーベル賞受賞に関連して思い浮かぶのが2002年にジョン・ナッシュを題材にした映画『ビューティフル・マインド』である。ラッセル・クロウ主演でテレビのBSで3、4回観た。最初の内は重苦しい映像が続き、主役にたびたび幻想が見えるのだが、その場面が一体何なのかさっぱり判らなかった。が、終盤になると深く考えさせられて余韻が残った。テレビで再放送がある度に見て、何とか理解しようと努めた。映画館では『ロード・オブ・ザ・リング』を見るはずが入り口を間違えて入って観てしまった映画だった。

ジョン・ナッシュは数学者だが経済学に大きく影響を与えたことで94年にノーベル経済学賞を受賞した。今でいう統合失調症との診断を受け、周囲からは奇人扱いをされ、からかわれさえした。

栄誉を授けられるまで20数年を要した。苦悩の中で家族の支えもあり、ゆっくり回復した。

心の病があっても、あせらなければいつか元気になれる。輝かしい栄光の影でこういうストーリーを経て授かった賞であり、そこには人生があった。

継続は力なりを実感

今年はわが家においてはゆるやかな時間の流れが感じられる平穏な一年だったように思う。

夫の実家の真庭市に帰ることが多く、近所の人との密度の濃い関わりが持てた。季節の山菜や畑で採れた野菜や頂き物で日々の食卓が潤いあるものとなり、有り難かった。

山歩きの道すがら下手な俳句を詠じる心のゆとりが生まれた。相変わらずマイペースではあるが、遅ればせながら「百人一首」や「般若心経」の暗唱に挑戦している。なかなか覚えられず、またすぐ忘れてしまうが、ずいぶん時間がかかったもののやっとめどがついた。やればできる、と自分に自信が持てた。

一方施設に入居している母の見舞いに心を砕き弟夫婦には感謝している。

継続は力なりを実感

数年前より毎日健康のためにストレッチやテレビ体操、ウォーキングを続けている。

朝刊コラム「滴一滴」の書き写しと音読も欠かせない。

特にストレッチが効を奏したこともあり、「継続は力なり」を実感できた年になった。

注）冒頭の「今年」は、夫生前で何年も前のことです。

コモン感覚の復活を

私たち人類とエネルギーとの関わりは、18世紀半ばの産業革命による工業化や経済の急激な発展と人口の増加が始まりである。

エネルギー資源には大きく分けて石油・石炭・天然ガスなどの「化石エネルギー資源」と、原子力・水力・地熱・新エネルギーなどの「非化石エネルギー」がある。新エネルギーには再生可能エネルギーとして、太陽光発電・風力発電・バイオマスエネルギーなどがある。

風力発電では北海道や東北を中心に大規模なウインドファームの建設が進んでいる。バイオマスエネルギーには廃棄物の焼却によるものと、トウモロコシ、サトウキビなど植物を醗酵させてバイオエタノールに転換し燃料として利用するものがあり世界中から注目されているが日本はエネルギーのほとんどを海外からの輸入に頼っている。

コモン感覚の復活を

私たちの生活はガス・ガソリン・電気・灯油・軽油などのエネルギーを使用し多くのCO_2を排出させている。化学化石燃料には限りがある。

高齢化社会の進展とともにコミュニティーバスなど公共交通機関を極力利用し、環境への負担を軽減することでもコモン感覚の復活を期待している。

家庭での省エネ対策

「地球温暖化」とは平均気温が徐々に上昇する現象を言う。メカニズムとしては大気中の温室効果ガスの濃度が高くなると地球の表面付近の温度が上昇する。石油、石炭、天然ガスなどの化石燃料の消費は二酸化炭素（CO_2）を大量に排出させる。地球温暖化により地球の最適環境のバランスが崩れて生態系へ影響し、異常気象が発生する。地球は太陽に温められた熱の一部を宇宙に放出するが残りの熱が「温室効果ガス」と呼ばれる。このガスが増え過ぎると大気中に閉じ込められて気温がどんどん上昇してくる。電気などを大量に消費することもCO_2の排出につながる。

地球の表面は約71％の海と、残り29％の陸地で占められ、そのうちCO_2を吸収してくれる森林面積は減少している。以上のメカニズムの解説は、私が

２０１０年に取得した環境社会検定（ｅｃｏ検定）によるもの。

家庭での省エネ対策

家庭でも省エネ対策として、日本全体に行き渡っていると思われるが、冷蔵庫は「中」、エアコンは28度に設定する、些細なことだが1人ひとりのアクションが生活の質を高め、温暖化を緩め、やがて地球を大きく変えることを期待している。

書き写し

毎朝、新聞のコラム欄を書き写している。昨年3月より開始し、大学ノート13冊目に入った。最初は短文の手本に、また字の練習になれば、というのが目標だった。1年以上になるが、ふだんの字はすべてきれいに書けない。しかし記事に見出しを付けようと思えばまず音読し、その後読み返し内容を吟味する。ざっと読み流すだけと違い書くことにより何が言いたいポイントなのかまとめる力はつくと信じている。

最近では書き写しに加えて「小倉百人一首」の書写にも取り掛かっている。遅蒔きながら日本古来の文化の息吹を五、七、五、七、七の韻律に感じ取ることを試みている。せめて上の句を聞いて下の句が口をついて出て来るぐらいにはなりたい、と目標を高く持っている。

さらに般若心経も書写して覚えたいと願っている。

注）般若心経は覚えて毎朝唱えている。書写は中止、百人一首はカードの表と裏に句を書き繰り返し覚えたものの今ではすっかり忘れている。

渡辺淳一氏を悼む

渡辺淳一氏の突然の訃報に接してから久しい。

享年80歳とまだ若く、中国でも人気で自身を恋愛の毛沢東と称された。医師から作家に転身、数々の話題作を世に送った。医療の世界を扱った『光と影』が直木賞、新聞小説『失楽園』は世のサラリーマン始め、多くの読者の心をつかみ社会現象にもなった。エッセイ『鈍感力』もベストセラーとなり、2度目の流行語大賞を射止めた。

以来恋愛小説の王道を築くまで邁進し続け、同時に芥川賞などの選考委員に名を連ね後進の発掘にも尽力された。

氏の本を愛読したが私が一番印象深いのはやはり初期のころの原点とも言える『阿寒に果つ』だ。北海道を舞台にした自伝的小説で多情多感な美少女のヒロイン時任純子が自死するという衝撃的な内容だった。

恋愛という永遠のテーマを意欲的に追求し年齢を越えて自身の境地をどう切り開いていくのか、興味があったのだが残念、ご冥福をお祈りします。

格差問題は気にしない

五木寛之氏の著書『元気に下山』の48の問答集を読んで生活の参考になるヒントが得られた。

格差の問題は難しい。経済的格差もあれば情報や教育の格差もある。健康格差では嫌というほど思い知らされる。私は元々歯が弱く、今では治療して入れ歯を作っている。夫は歯が丈夫で虫歯もほとんどなく硬い物でも平気で噛める。

健康格差は努力してもどうしようもない。同じ病気でも回復し長生きする人がいる一方で、なかなか手強く時間がかかり先が見えない人もいる。経済的な格差であれば比較的埋め易い。持って生まれた商才の有無もあるが、仕事の巡り合わせや相性もあり、自分の力だけでどうにかなる訳でもない。つくづく不条理だと実感させられる。格差が埋められないとため息をつきあきらめる。人の雑音など気にせずに前を向いてマイペースで進む。
人と比べないようにしよう。

格差問題は気にしない

色紙《しきし》

母方の叔母は字が上手く書をたしなむ。私が2011年に贈った冊子『身辺抄』が今までで一番良かったとお返しで「天に星　地に花　人に愛」と、自身の受賞作を表装した台付きの色紙が届いた。私は宝物として書棚に飾っている。叔母は、母の年の離れた末っ子の妹で私とは4歳しか違わない。

母の里に行く度に、裕《ひろ》ちゃんと呼び友達のようにまた姉のように慕っていた。

よくこんな名文を思いついたな、と感心したが、しかしよく調べてみると帚木《ははきぎ》蓬生《ほうせい》氏の時代小説『天に星　地に花』のタイトルの引用と判った。分厚い歴史小説で私など名前の読み方も分からずつい読む気が失せてしまった。が、これも叔母と二人で確かめると、元は武者小路実篤氏のことばでは？　という結論に至った。白樺派で同人雑誌を創刊『お目出たき人』など数多くの小説を創作した大御所。

色紙

武者小路実篤といえば、思い出すことがある。私の20歳の成人式の式典は県外在住の学生であったため、愛知県春日井市の市役所での出席だった。今のような振り袖姿ではなく、オーダーメードのスーツだった。着物姿もちらほら見られたが、寮生の多くは洋服だった。

その時の記念品がたしか、「仲良きことは美しきかな」と書かれた氏の飾り色紙だった、と記憶している。50年以上前のことなのでおぼろげだが実家の自分の部屋に飾っていたことは覚えている。なるほど武者小路実篤氏の言葉なら美しきかな、から人に愛、になったのかもしれないと、叔母と2人で納得、勝手ながら、さもありなんと思った次第。思い出が紐解けた。

おしゃれ感

服装は全体のバランスが大事、同系色で揃えたり色の組み合わせに気を配っている。例えば上着が紺系なら下はグレーやピンク、赤系なら黒色などと。外出の時は季節感のある色合いでその時期に合った生地の物を選ぶ。近所のスーパーに行く時でもアクセサリーやスカーフ、帽子、靴を合わせる。

在宅日でも朝起床し着替えが済むと即、上服に合わせた色合いのブローチやネックレスを選ぶ。上と下の色が合っていないと気分が悪い。エプロンと三角巾、上着とインナーも極力同系色で合わせる。

おしゃれはお金をかけるばかりではない。手持ちの洋服を整理の際に点検して袖口や襟元が綻びていたらすぐまつるか、レースやバイヤステープで縫ったり、パジャマやインナーなどにリメイクし復活させる。

リサイクルショップの品もよく利用する。流行遅れと言ってもそれほど古びてなく、良質の品が揃っている。着脱し易く着心地の良い物がベスト。

おしゃれ感

ボタンで干支作り

冬の籠り月に手芸をしてみた。

きっかけは近くの市立美術館の「倉敷美術展」で、ある作品を見たことで、その作品がヒントになった。長い紐に数十個のボタンを貼り付けてその年の干支に見立ててオブジェとして飾ってあった。幸い家には洋服に付いているスペアボタンや、着なくなって処分したスーツやカーディガンに付いていたおしゃれなボタンを取り外して保管してある。ケーキの箱のリボンや洋服に付いていた紐に、同系色のボタンをそれぞれ分けて3～4個ずつ並べて、また大きさにより互い違いに等間隔で縫い付けた。巳の頭の先に赤い紐を結び、金色のボタンで目を付け、しっぽにグレーの紐を結んだ。

ケチケチ手芸と言えばそれまでだが、へびがとぐろを巻いた形にし、来年の巳年に出そう。

ボタンの整理もできるし、必要なら外して使える。しまっておいた不用な物から何かが生まれ、創作する喜びも得られる。

旅行を楽しむ

6月に島根県の出雲大社に夫と出かけた。伊勢神宮とともに平成の式年大遷宮で賑わっていた。

出雲の日御碕《ひのみさき》灯台は、らせん状の急な階段をてっぺんまで上ると海景色が一望でき、すがすがしい。玉造温泉に宿泊し、翌日は「足立美術館」まで車を走らせた。横山大観の名画や北大路魯山人の陶芸品はもとより、床の間の壁を繰り抜くことで山水画が掛かっているかに見える生の掛軸や、主庭、枯山水庭の素晴らしさに目を奪われる庭が一番の見どころ。自然と人工が一体化する調和美に圧倒されるのと同時に心が癒された。

たまにはこうして命の洗濯をするのもいい。数年前より仏事が多く今年は夫の曾祖父の50回忌と祖母の33回忌に義母と叔母の合わせて4故人の法要を無事終えることができ、夫も私も肩の荷が降りたような気がした。

めったに旅行に行くことのない私だが、これを機に来年は近回りの温泉でもいい。旅をする楽しみを持ちたい。

山陰旅行

今は亡き夫が生前「石見銀山でも行ってみるか？」と誘ってきたことがある。長女が「林野高校」へ入学後の研修旅行の行き先が島根県、大田市の三瓶山《さんべさん》だった。娘が訪ねた地を見ておくのも悪くないな、とついて行くことにした。

帰省中の真庭市から夫の運転する車で一路石見銀山世界遺産センターを目指した。炎天下、銀山地区の遊歩道を1時間ほど散策。龍源寺間歩《まぶ》（坑道）に入り涼んだ後、町並み地区にも足を延ばし、大森代官所跡の石見銀山資料館で鉱石の展示を観覧。

翌朝「三瓶小豆原《あずきはら》埋没林」を訪ね、地下展示室に入った。地中に直立する巨木に2人とも驚がく。4000年前の三瓶山の噴火により埋没した由。やはり世界遺産登録のある屋久島の杉を彷彿させる迫力だった。国指定天然記念物とあるのも納得。なだらかな山脈が続く三瓶山へは観光リフトを利用し太平山で記念写真を撮った。インドア志向の強い私も夫に感謝。

石見銀山遺跡「龍源寺間歩」入口に立っているのが私（著者）

ドライブ

夫とドライブで総社市の「鬼ノ城」に向かい、休憩所より約３㎞程歩いて山に登った。

かなり急な古道の坂道を進む。温羅《うら》の石碑跡や千手観音の前で足を止め、写真を撮った。

よく私を立たせては写真を撮る夫であった。

平日の早朝のため人は少なかったが、下って帰る途中では、男性1人、2人連れや、リュックを背負った3～4人の熟年の女性グループに出会い、互いに挨拶をしてすれ違い、登山の連帯感を共有した。曇り日だったが歩いていると暑くなり上着を1枚脱いだ。

急勾配が多く、階段や大きな石垣・小さな塔・水門跡がちらほら残っていた。

ふだんは平たんで信号待ちのためたびたび中断させられるウォーキングと違ってしっかり運動ができたような気がした。山歩きには格好の場所になるな、と思った。

その後、豪渓《ごうけい》まで足を延ばすと紅葉目当ての大勢の人で賑わっていた。駐車場がいっぱいだったので素通り。川沿いの道路を走っていると山あいの紅葉が見事に色付き、朱色・黄色・紅色と鮮やかに深まっていて心が洗われたよう。

まさに錦秋の色と空気を楽しんだ半日だった。

笑顔は笑顔を呼ぶ

女の子は笑顔でないといけない、私は母にもこんな言葉を掛けられることなく育ち、娘にも言ったことがない。女は愛嬌などと言われるうちに、そういうものなのか、と悟った次第。ひとりの時はいつも不機嫌そうで滅多に笑わない。人から「笑った方がいいよ」とか「口角を上げたら……」と、助言されたこともある。

でも知人に会うと自然に笑みがこぼれている。

家田荘子さんの著書で思いを新たにした。

笑顔は笑顔を呼ぶ。心の中が曇っているときれいな笑顔ができない。笑顔を人に向けるには自分の心がいつもいい状態でいる必要がある。4月に夫を亡くしたばかりで私は、とても笑顔どころではない。が、今日だけでいいから大変なことだが笑顔になろうと自分に言い聞かせた。どんな心持ちでどんな生活を送ってきたかが正直に顔に出てしまうならそれは怖い。人に笑顔を向けるという小さな簡単なことで皆が明るい気分になればいい。プラスの波動が人に伝わる。するとそれがやがて自分にも返って来ることを願う。

「哲史《さとし》、命」に感動

母の妹は私と年齢が４歳しか違わない。裕子《ひろこ》叔母は、15年前にパーキンソン病を患っていた夫を亡くしている。見合結婚だったが、相方共気に入り相思相愛の大恋愛に発展したと聞いている。しかし病気を発症し、晩年は入退院の繰り返しで訃報を聞いた時は、まだ若いのにと、……、頑張れなくて残念だった、と思う反面、これでやっと叔母は介護から解放された、と私は内心ホッとしたのも確か。

所沢にいる叔母と電話で話した時つい

「裕ちゃん、これからは今までがまんした分自分の好きな事をして人生を取り戻さなくては……」

などと、言わずもがなのことを口走ってしまった。すると彼女は、

「いいえ、大変とは思わなかった、私にとって哲史《さとし》は命だったの……」即、前言

を撤回したかった。

いまだに立ち直れない様子だった。

私は深く感動した。こんなにも自分の夫を一途に愛していたのか、と。そして私はわが身を顧みて反省した。

縁あって出会った伴侶をここまで愛した叔母は幸せと思う。失った命は悲しいが、人を真剣に愛した記憶は永遠に残る。

「哲史、命」に感動

父の旅立ち

父が89歳を目前にして旅立った。３年前より母の入退院に付き添い昨年12月下旬まで毎日病院や施設まで自分で車を運転して通うのが日課だった。母の方が危ないと言われたのに父が先だった。２度の圧迫骨折で入院、リハビリもしていたが自身では栄養管理もままならず内臓の機能も弱ってしまっていた。それでも点滴で２ヵ月持ちこたえた。欲を言えばもう１度回復して元気な姿を見せて欲しかった。

津山の病院までは足しげく通っての見舞いも叶わず病状を同居している弟に聞くのみで最後の別れができなかったのが悔やまれた。

中学、高校のころ教師の父によく説教され成人しても親と同居で甘えているのに反発ばかり、心配や迷惑もかけた。親との別れは万人が平等に経験する、避け

ては通れない。見送るのは子供の役目、逆でなかったのがせめてもの孝行と自分
を慰めている。残った母をすぐには連れて行かないで。

母

母康子は昭和４年に岡山市宍甘《しじかい》に４人兄妹の長女として誕生。兄と弟、妹の四人。子供の頃より中等学校教員の父に連れられ東北の仙台から九州の八幡《やはた》まで引っ越しの多い生活だった（昔の勤務は全国的な転勤があった。中等学校は後に高校に名称が変更された）と聞く。

津山市に在住の頃、津山高等女学校から専攻科に進み卒業の直前、病身の母親を介護する姿に優しさを見た重松家の姑に見染められた。卒業と同時ぐらいに父宏治と結婚。今から思えば信じられないほどの若さで嫁ぎ、私、陽子を出産、６年後に弟が生まれた。その頃の家には舅、姑、祖母、父の姉、弟も居る大家族だった。世間も大体そうであった様に気苦労は計り知れないが幸いにも優しい父、母、夫に恵まれて甘えていたと思う。

若かったこともあり、母は素直で純粋。テレビが出始めの頃で子供のように親子でチャンネル争いをした記憶もある。「私は口が重く、口下手だから」とよく言っていたが、家人の前ではケラケラとよく笑う人だった。

クラシック音楽を好み、オペラが来たら私を誘って津山文化センターに観に行ったり、「神戸友の会」主催で江藤俊哉のバイオリンの公演を聴きに神戸文化ホールまで足を運ぶこともあった。言葉遣いがきれいでいつも標準語で話し、いつまで経っても地元の方言に染まらないのが不思議だった。

子や孫の誕生日には贈り物を欠かさないなど私や弟に充分愛情を注いでくれたことは感謝。

入院中、母のために毎日病院に通っていた父の没後、胃ろうや認知症を患ったが痛がることも少なく3年後、86歳で生を全う。まずは幸せな生涯であったと言える。

母の衣類を身に着ける

昨年母が亡くなったが、その数年前、義妹に頼まれ、実家に帰る度に衣類を見直した。整理ではなく「捨てる」と「貰う」物に分けた。あちこちのタンスの中身を合わせると膨大な量になり、専業主婦なのに何故こんなにあるの？　と驚き、ため息が出た。似たような柄物のブラウスがやたら多く、ときめく物がない。品質が良いので無地で襟付のものだけを選り分けて通勤に着用している。アクセサリーも毎朝服装に合わせて身に付けている。首回りも寂しくなくなり、供養にもなろうか、と思っている。

最寄りのリサイクル店へ持参しても、流行遅れ、ブランドが確認できないなどの理由で断られる。大風呂敷5枚にもなった残りの衣類は親しい人に見て貰い要る物は差し上げ、残りは処分をお願いした。

母の衣類を身に着ける

母、義母、夫の叔母の3人の衣類を整理して学んだこと。金輪際洋服は買わない、増やしたくない、という結論に。

確定申告

今年もまた確定申告の時期が来た。毎年1月を過ぎると税務署より届く。個別相談会の案内で初日は混むのを承知で指定場所の「イオンモール倉敷」に赴く。朝8時に家を出て30分着、9時からの受付だがすでに大勢の人の列ができている。整理券は配られず、何故並んでいる時に渡さないのか、と係員に詰め寄る人もいた。受付で私は12時から12時半の入場と書かれた用紙を受け取った。仕方なく3時間待機した。今回は医療費控除のみなので昨年同様世帯主の代理で領収証を家族毎にまとめて持参。新型コロナウイルス感染防止策がとられていたため早目に順番が回って来て思ったより混雑もなく20分程で終了。

しかし寒い時期に高齢者にはきつい。長時間待つのも健康でなければ無理だと実感。

毎年パソコンやスマホでの申告を勧められるができない者は、サポートコーナーで職員の手を借りるしかない。私は今回肝心の国民健康保険の支払明細書を持って来るのを忘れてしまい、電話で市役所に聞く始末、ずっこけてばかり。来年はそのような不手際のないようあらかじめ所定の用紙に記入して提出するように……との注意あり。

私にとって一大イベントの大仕事？　を終えてひとまずホッとしている。

確定申告

マスクは今後も着用

２０２０年から新型コロナウイルスの感染拡大が報じられており、減少傾向ではあるが今も油断はできない。マスクの着用も個人の判断に委ねられているが、やはり圧倒的に着用している人の方が多い。私もマンション住まいなので毎朝新聞や、ゴミ出しで外に出る場合ですら習慣でマスクを付けている。

わが家ではコロナ禍が始まったのと同時期から夫が病に見舞われて２０２２年の４月に死去。

有事による喪失感と陰りで、暮らしの変化はそう感じられないものの相続処理関係で怒濤の１年が過ぎ去った。世帯主を失うという喪失感で、言葉で言い尽くせない無念の思いが薄れつつも残っている。まだまだ離れない。

マスクのおかげもありその時期は風邪などひく暇もなく、普段は低い血圧も毎日150前後まで上昇していた。

マスクは不織布ではなく、家に残っていた端切れを用いて何枚もミシンで縫っていた。夏・冬用と生地によって分け、貰い物も含め20枚ほどある。季節や洋服の色に合わせて着用している。毎日洗って使う。その日の気分でマスクチャームを付けたり、果敢にも人に差し上げたりもした。

加齢とともに目立つ目の下の隈や口元の弛みも隠せる。老け顔を全面に晒したくはない。

ウイルスや風邪などの感染対策に、また美容と健康のためにも自主的に今後もマスク着用を選択しよう。

マスクは今後も着用

人情の連鎖で見送る

亡き夫・陽一は昭和43年に金融機関に入社し30年間勤務し退職後数社で就労。先輩や友人と中国、韓国や東南アジア諸国を旅行したり、ゴルフ、麻雀なども嗜み人生を謳歌していたが、２０１９年12月に腎臓に腫瘍が見つかり悪性リンパ腫が発覚。その後転移のため点滴治療12回、放射線治療を4回受けたが脳に転移し、初回は治ったかに見えたが再度転移。

「80歳までは生きたい」と願いつつ寛解を目指して踏ん張って来たが残念な結果になり悔しい。74歳は生き急いだ感が否めない。現職の頃はスピーディーな事務処理、時間厳守、常に15分前には着いて待つなどを心掛けていた。掃除好きで物を動かしては、アルバムなども整理整頓に余念がなかった。

人情の連鎖で見送る

闘病から末期を経て、四十九日の法要には近所及び近親者の大いなる協力と人情の連鎖に助けられ、何とか無事に仮納骨を終えられたことは感謝。

スルメのような人（味のある？）と評されたことも……

お父さんよくがんばりましたね。と最後を看取り見送られたことが唯一の救い。

2022・4・21　永眠

エピローグ　「どう生きるか」は普遍的

『君たちはどう生きるか』という宮崎駿監督のアニメ映画の上映が始まった。感慨深い、というのは私はこのタイトルを聞いて1970年代を思い出すからだ。当時私は学園祭に関わることになった。部活動の発表や展示、模擬店、英語劇など何らかのイベントに参加しなければならなかったが、大都会の大学は学生運動の只中、ノンポリ学生でアルバイトやクラブにも属さず、ひたすら学校と隣接した寮との往復だった私にディスカッションを企画するようお鉢が回って来た。「今をどう生きるか」というそのタイトルを「私たちはどう生きるべきか」として提案した。小規模ながら集まった学生や社会人もこの問いかけに真剣に耳を傾けてくれ、私も司会の立場から白熱し、果敢にも討論に加わり後で冷や汗をかいた。吉野源三郎の同名小説より「どう生きるか」は永遠のテーマですぐに結論は出るものではなくこの問題意識は普遍的だ。自分の立ち位置を模索することに変わりない。ふと立ち止まって刹那思いを巡らせる。こういう無駄もいい。「どう生きるべきか」の答えを出すのは難しいが昔も今も変わらないテーマに出会えてうれしい。

あとがき

奇しくも前作を出版した２０１１年の東日本大震災に続き今回も年明け早々能登半島地震が起こり、被災地の早期の復興を願って止みません。
いまだにコロナ蔓延の影響からマスクのなかなか手離せない中、お疲れの心に一箇所でも面白く感じられたり、参考になる項目がありましたら、少しでもお役に立つことを願っています。

２０２４年　春なかば

林　陽子

〈著者紹介〉

林　陽子（はやし ようこ）

1949年　岡山県生まれ
倉敷市在住
主婦業を継続
パート勤務のころ執筆に目覚める

著書

『青春メモリアル—1970』（2004年　日本文学館）
『ママちゃり小夜曲《セレナーデ》』（2006年　鳥影社）
『身辺抄—メモリアル・その後』（2011年　鳥影社）

ママちゃりレポート

本書のコピー、スキャニング、デジタル化等の無断複製は著作権法上での例外を除き禁じられています。本書を代行業者等の第三者に依頼してスキャニングやデジタル化することはたとえ個人や家庭内の利用でも著作権法上認められていません。

乱丁・落丁はお取り替えします。

2024年10月17日初版第1刷発行
著　者　林陽子
発行者　百瀬精一
発行所　鳥影社（www.choeisha.com）
〒160-0023　東京都新宿区西新宿3-5-12 トーカン新宿7F
電話　03-5948-6470, FAX 0120-586-771
〒392-0012　長野県諏訪市四賀 229-1（本社・編集室）
電話 0266-53-2903,　FAX 0266-58-6771
印刷・製本　フォーゲル印刷
©HAYASHI Yoko 2024 printed in Japan
ISBN978-4-86782-104-6　C0095